RÉFUTATION

DE L'OPINION

DE M. LE COMTE LANJUNAIS.

Se trouve,

Chez Desauges, libraire, au coin de la rue Saint-Benoît, rue Jacob ;
Chez Delaunay et Pelicier , libraires, au Palais-Royal ;
Et chez tous les marchands de Nouveautés.

RÉFUTATION

DE L'OPINION

DE M. LE COMTE LANJUINAIS,

Sur la loi concernant des mesures de sûreté contre les prévenus d'attentats politiques.

PAR MAURICE MÉJAN.

A PARIS,

DE L'IMPRIMERIE DE C.-F. PATRIS,

RUE DE LA COLOMBE, N° 4.

5 Novembre 1815.

RÉFUTATION

DE L'OPINION

DE M. LE COMTE LANJUINAIS,

*Sur la loi concernant des mesures de sûreté
contre les prévenus d'attentats politiques.*

———

Je m'étais plu à croire que M. le comte
Lanjuinais, qui avait figuré, quelques années
avant la révolution, dans les rangs de ces
philosophes séditieux dont les ouvrages la
provoquèrent, gémissait de ses erreurs, et
déplorait les maux qu'elles avaient entraînées.

J'avais pensé que l'homme, qui avait publié
en 1776 une brochure ayant pour titre *le
Monarque accompli*, et dans laquelle il
donnait le signal à tous les ambitieux, à tous

les mécontents, à tous ceux qui cherchaient la fortune ou la vengeance (1), éclairé par le cruel abus qu'on avait fait de sa funeste théorie, éviterait désormais avec un scrupule religieux tout ce qui pourrait exciter de nouveaux troubles, tout ce qui serait susceptible d'encourager l'esprit de sédition et de révolte.

Mais il vient de me désabuser par le discours qu'il a prononcé dans la chambre des pairs, et surtout par l'affectation qu'il a mise

---

(1) Voici un court fragment de cet écrit qui scandalisa tous les amis de la patrie, et qui, d'après un réquisitoire de M. Seguier, fut brûlé par la main du bourreau :

« Peuples malheureux, pour qui l'on forge des
» chaînes d'une trempe si singulière, sachez au besoin
» exterminer vos tyrans; que ce soit là désormais
» votre devise; les rois trembleront devant vous, et
» vous ne tremblerez devant personne..... Il est une
» époque terrible, sanglante, mais le signal de la
» liberté : c'est la guerre civile dont je veux parler. »

Pouvait-on rien écrire de plus propre à préparer la prise de la Bastille, les journées des 5 et 6 octobre, du 20 juin, du 10 août, et du 21 janvier?

à le publier dans un moment où tous les bons citoyens, quelles que soient leurs opinions, doivent sentir la nécessité d'environner le Roi de toute la confiance dont il a besoin pour cicatriser nos plaies.

Si M. Lanjuinais s'était borné à combattre avec décence le projet de loi soumis à l'examen des chambres, personne ne pourrait s'en plaindre, parce qu'il n'aurait fait en cela qu'user du droit d'exprimer sa pensée.

Mais, qu'il l'ait comparé à cette fameuse loi des *Suspects*, si unanimement vouée à l'exécration des siècles, et qu'il ait été même jusqu'à dire qu'*il lui serait facile de prouver que les suspects de 1793 avaient plus de ressources que ceux de 1815 pour empêcher leur réclusion, et pour faire entendre leurs gémissements;* c'est ce qui doit exciter la surprise et, disons-le franchement, l'indignation ; parce que M. Lanjuinais, l'un des vétérans de la révolution, l'un des membres de la *Convention nationale*, n'a pas été de bonne foi en tenant un pareil langage.

Comment supposer, en effet, qu'il ignore l'énorme différence qui existe entre l'horrible décret de 1793 et la loi nouvelle; entre les hommes pervers à qui l'application de la première était confiée, et les hommes estimables qui seront chargés de faire exécuter la seconde; enfin, entre le but de l'une et celui de l'autre? Rien de tout cela n'a pu échapper à sa sagacité; et en soutenant le contraire, il s'est exposé, non seulement au soupçon d'avoir voulu décrier le gouvernement, mais encore au reproche d'ingratitude, car celui qui avait accepté la présidence du *tripot révolutionnaire* convoqué par l'usurpateur et les *articles additionnels* qui proscrivaient les Bourbons, n'avait pu être admis de nouveau aux honneurs de la pairie, que par une suite de l'excessive indulgence à laquelle les princes de cette auguste famille ne peuvent pas renoncer, quoiqu'elle leur ait été si funeste.

Nous allons d'abord transcrire le texte des deux lois, et nous nous livrerons ensuite à quelques observations qui détruiront le fâcheux effet que son discours a pu produire.

Loi du 17 *septembre* 1793.

« La Convention nationale, après avoir entendu le rapport de son comité de législation, décrète ce qui suit :

Art. 1. Immédiatement après la publication du présent.décret, tous les gens suspects qui se trouvent dans le territoire de la république, et qui sont encore en liberté, seront mis en état d'arrestation.

Art. 2. Sont réputés gens suspects : 1° ceux qui, soit par leur conduite, soit par leurs relations, soit par leurs propos ou leurs écrits, se sont montrés partisans de la tyrannie, du fédéralisme, et ennemis de la liberté ; 2° ceux qui ne pourront pas justifier, de la manière prescrite par la loi du 21 mars dernier, de leurs moyens d'existence et de l'acquit de leurs devoirs civiques ; 3° ceux à qui il a été refusé des certificats de civisme ; 4° les fonc-tionnaires publics suspendus ou destitués de leurs fonctions par la Convention nationale ou par ses commissaires, et non réintégrés, notamment ceux qui ont été ou doivent être destitués en vertu de la loi du 12 août der-nier ; 5° ceux des ci-devant nobles, ensemble les maris, femmes, pères, mères, fils ou filles, frères ou sœurs, et agents d'émigrés, qui n'ont pas constamment manifesté leur attache-ment à la révolution ; 6° ceux qui ont émigré dans l'intervalle du premier juillet 1789 à la publication de la loi du 8 avril 1792, quoi-

qu'ils soient rentrés en France dans le délai
fixé par cette loi ou précédemment.

Art. 3. Les comités de surveillance établis
d'après la loi du 21 mars dernier, ou ceux qui
leur ont été substitués par les arrêtés des représentants du peuple envoyés près les armées
et dans les départements, soit en vertu des
décrets particuliers de la Convention nationale, sont chargés de dresser, chacun dans
son arrondissement, la liste des gens suspects,
de décerner contre eux les mandats d'arrêt et
de faire apposer les scellés sur leurs papiers.
Les commandants de la force publique, à qui
seront remis ces mandats, seront tenus de les
mettre à exécution sur-le-champ, sous peine
de destitution.

Art. 4. Les membres du comité ne pourront ordonner l'arrestation d'aucun individu,
sans être au nombre de sept, et qu'à la majorité absolue des voix.

Art. 5. Les individus arrêtés comme suspects, seront d'abord traduits dans les maisons
d'arrêt du lieu de leur détention ; à défaut de
maison d'arrêt, ils seront gardés à vue dans
leurs demeures respectives.

Art. 6. Dans la huitaine suivante, ils seront

transférés dans les bâtiments nationaux que les administrations de département seront tenues, aussitôt après la réception du présent décret, de désigner et faire préparer à cet effet.

Art. 7. Les détenus pourront faire transporter dans ces bâtiments les meubles qui leur seront d'une absolue nécessité. Ils y resteront gardés jusqu'à la paix.

Art. 8. Les frais de garde seront à la charge des détenus, et seront répartis entre eux également. Cette garde sera confiée de préférence aux pères de famille, et aux parents des citoyens qui sont ou marcheront aux frontières. Le salaire en est fixé, par chaque homme de garde, à la valeur d'une journée et demie de travail.

Art. 9. Les comités de surveillance enverront sans délai au comité de sûreté générale de la Convention nationale, l'état des personnes qu'ils auront fait arrêter, avec les motifs de leur arrestation et les papiers qu'ils auront saisis sur elles.

Art. 10. Les tribunaux civils et criminels pourront, s'il y a lieu, faire retenir en état d'arrestation, comme gens suspects, et envoyer dans les maisons de détention ci-dessus énoncées, les prévenus de délits à l'égard desquels il serait déclaré n'y avoir pas lieu à accusation, ou qui seraient acquittés des accusations portées contre eux ».

Loi nouvelle.

Art. 1. Tout individu, quelle que soit sa profession civile, militaire ou autre, qui aura été arrêté comme prévenu de crimes ou délits contre la personne et l'autorité du Roi, contre les personnes de la famille royale, ou contre la sûreté de l'État, pourra être détenu jusqu'à l'expiration de la présente loi, si, avant cette époque, il n'a été traduit devant les tribunaux.

Art. 2. Les mandats à décerner contre les individus prévenus d'un des crimes mentionnés à l'article précédent, ne pourront l'être que par les fonctionnaires à qui les lois confèrent ce pouvoir : il en sera par eux rendu compte, dans les vingt-quatre heures, au préfet du département; et par celui-ci au ministre de la police générale, qui en référera au conseil du Roi.

Le fonctionnaire public qui aura délivré le

mandat sera tenu , en outre, d'en donner connaissance, dans les 24 heures, au procureur
du Roi de l'arrondissement, lequel en infor-
mera le procureur général, qui en instruira le
ministre de la justice.

Art. 3. Dans le cas où les motifs de pré-
vention ne seraient pas assez graves pour dé-
terminer l'arrestation, le prévenu pourra pro-
visoirement être renvoyé sous la surveillance
de la haute police, telle qu'elle est réglée au
chap. 3 du livre 1er du Code pénal.

Art. 4. Si la présente loi n'est pas renouvelée
dans la prochaine session des Chambres, elle
cessera de plein droit d'avoir son effet.

Rapprochons maintenant l'article 2 de la loi
du 17 septembre, de l'article 1er de la loi nouvelle , et voyons s'ils peuvent être comparés
l'un à l'autre.

L'un frappe, non-seulement *ceux qui, par
leur conduite, s'étaient montrés les ennemis
de la liberté,* mais encore tous ceux que *leurs
relations ou leurs propos* pouvaient faire con-
sidérer comme tels.

L'autre, au contraire, n'atteint ni les hommes
que l'opinion publique signale comme les au-

teurs de tous les crimes de la révolution, ni
ceux qui peuvent être soupçonnés de les avoir
approuvés, ni même ceux qui, comblés de
faveurs l'année dernière par le Roi, se sont
rendus coupables de félonie et d'ingratitude
en acceptant de l'usurpateur d'autres fonctions,
et en adhérant à ces *articles additionnels* qui
proscrivaient l'auguste dynastie dont l'éloigne-
ment avait plongé la France dans la conster-
nation et dans la douleur (1).

---

(1) Non seulement la loi se tait sur leur compte,
mais on sait que le Roi a poussé à leur égard la
clémence jusqu'à en maintenir plusieurs dans leurs
places, quoiqu'ils eussent rendu leur défection plus
criminelle, par la lâcheté avec laquelle ils l'avaient
calomnié dans leurs *adresses* à l'usurpateur.

Voici quelques passages d'une de ces adresses. Nous
les citons, pour prouver, à la fois, combien il est dan-
gereux d'employer des hommes à qui tous les gouver-
nements conviènent, pourvu qu'on leur donne des
places et de l'argent; et combien a été magnanime la
conduite du Roi.

« Qu'ils soient à jamais oubliés ces jours d'un inter-
» règne préparé par la trahison, établi par la force
» étrangère, et que la nation ne put alors que subir!
» Qu'ils soient oubliés ces jours qui firent perdre à la

L'un avait un effet rétroactif, puisqu'il s'appliquait à des faits antérieurs ;

» France sa glorieuse attitude, sa force, son indépen-
» dance, et le fruit de vingt-cinq ans de travaux, d'ef-
» forts et de triomphes !

» Non, la nation n'a pu se lier dans ce court et trop
» long intervalle ; non, vos droits n'ont pas pu être
» détruits ; la légitimité de votre gouvernement n'a pu
» être altérée, parce que le peuple n'était pas libre et
» ne fut pas même consulté ; parce que toutes les auto-
» rités étaient asservies ; parce qu'une nation est oppri-
» mée, lorsqu'elle ne peut se mouvoir que sous l'in-
» fluence d'une force étrangère, et parce que, dès la
» première lueur de la liberté que votre présence lui a
» rendue, cette nation toute entière s'est encore pro-
» noncée pour vous.

» Eh ! quel chef plus digne d'une nation libre et gé-
» néreuse, que celui qui reconnaît que les rois sont
» faits pour les peuples, et non les peuples pour les
» rois ! qui ne veut régner que par une constitution
» faite et acceptée dans l'intérêt et par la volonté de
» la nation ! qui ne veut gouverner que par les lois et
» pour maintenir également et indistinctement les
» droits de tous !

» Sire, ces principes sont de toute éternité ; le pro-
» grès des lumières du siècle, de ce siècle qu'on a es-
» sayé de faire reculer, n'a fait que les mettre dans une

L'autre n'est dirigé que contre des attentats nouveaux.

Certes, il n'en faudrait pas davantage pour faire sentir combien est absurde la comparaison de M. le comte Lanjuinais ; mais elle paraîtra bien plus extraordinaire encore, si l'on considère les deux modes d'exécution.

En effet, l'art. 2 de la loi du 17 septembre 1793, confiait aux comités de surveillance (et l'on sait quels étaient les hommes qui les composaient) le soin de dresser la liste des gens suspects, et de décerner contre eux les mandats d'arrêt ; tandis que, d'après la loi nouvelle, les mandats à décerner ne pourront l'être que par les fonctionnaires à qui les lois confèrent ce pouvoir, c'est-à-dire par des magistrats bien autrement dignes de confiance et par leurs lumières et par leur sagesse, que les fonctionnaires de ces temps déplorables où le

---

» plus grande évidence ; l'ignorance et les préjugés ont
» disparu devant eux, et V. M. a acquis des droits im-
» muables à la reconnaissance, non seulement de la
» France, mais de toutes les nations civilisées, pour les
» avoir sauvées de la subversion de tous leurs droits et
» de la rétrogradation de la raison universelle. »

crime et la stupidité, exerçant leurs ravages
sur notre malheureuse patrie, ne promettaient
aux vertus et aux talents que l'indigence et la
mort.

Alors, ériger l'assassinat en système, c'était
professer l'humanité ; attenter à la liberté de
chacun, c'était *assurer la liberté publique ;*
dévorer toutes les fortunes privées, c'était ou-
vrir les sources de la *prospérité nationale ;*
substituer l'accent de la rudesse à notre an-
tique urbanité, c'était se *rapprocher de la na-
ture ;* fouler aux pieds toutes les lois de la
morale, c'était *prouver son amour pour le gouvernement républicain ;* enfin, de même que
se placer au-dessus de tous, c'était attester son
respect *pour l'égalité,* il n'était qu'une manière de convaincre qu'on était digne d'être
libre, c'était de *se soumettre aveuglément* à
tous les caprices de quelques brigands qui
avaient usurpé tous les pouvoirs.

Alors, se plaindre du despotisme qui pesait
sur la France, c'était conspirer contre la liberté ; *c'était encourir la peine de mort.*

Alors, être riche, c'était conspirer contre
l'égalité, *c'était encourir la peine de mort.*

Alors, être pauvre, c'était regréter l'ancien régime, *c'était encourir la peine de mort.*

Alors, jouir de la réputation d'un homme de bien, d'un homme de talent, c'était rivaliser de gloire avec les patriotes ; c'était vouloir les avilir ; *c'était encourir la peine de mort.*

Alors enfin, tout était dévoué au supplice, excepté le *crime* ; tout était *crime,* excepté le crime lui-même ; et les listes des *suspects* n'avaient été imaginées que comme un moyen d'alimenter les boucheries quotidiennes qu'ordonnaient ces tribunaux de sang où chaque accusé, interpellé successivement sur son nom ou sur le lieu de sa naissance, n'avait pas même le droit de prononcer un mot sur sa justification ; car le moindre signe, le premier geste, étaient cruellement arrêtés par ces mots : *Tu n'as pas la parole !...*

Et c'est une époque aussi désastreuse que M. le comte Lanjuinais a voulu comparer à l'époque actuelle !... Ah ! repoussons avec indignation ce rapprochement odieux : l'esprit du Gouvernement préside presque toujours aux mesures que prènent les dépositaires de son autorité ; les tribunaux de la terreur

trouvèrent partout des coupables, parce que
les cannibales qui régnaient le voulaient ainsi ;
mais les magistrats chargés de faire exécuter
la loi nouvelle se conformeront aux intentions
paternelles du meilleur des Rois, et ne sévi-
ront que contre les hommes qui l'auront mé-
rité (1).

Cè que je viens de dire répond d'avance
à cette étrange assertion de M. Lanjuinais,
que *les suspects de 1793 avaient plus de res-
source que ceux de 1815 pour empêcher leur
réclusion, et pour faire entendre leurs gémissements.* Approfondissons cependant davantage l'argument, et voyons quelle est la base
sur laquelle il repose.

L'orateur s'est fondé sans doute sur les
dispositions de l'article 4 et de l'article 9 de
la loi du 17 septembre, d'après lesquelles les
mandats ne pouvaient être décernés qu'à la
majorité absolue des voix, et les comités de
surveillance étaient tenus d'envoyer sans délai

---

(1) C'est ici le cas de recommander encore la prompte
épuration de toutes les autorités ; car les meilleures lois
qu'on pourrait faire seraient inutiles, si l'on ne s'atta-
chait pas à n'appeler aux places que des hommes *dont
la conduite passée garantisse la fidélité future.*

au comité de sûreté générale l'état des personnes qu'ils avaient fait arrêter, avec les motifs de leur arrestation, et les papiers saisis sur elles.

Certes, M. Lanjuinais doit savoir mieux que personne que dans des comités composés d'hommes couverts de crimes et d'ignominie, rien n'était plus facile que d'obtenir non-seulement la majorité, mais même l'unanimité des voix lorsqu'il s'agissait de proscrire les bons citoyens.

Et quant à l'obligation d'envoyer sans délai au comité de sûreté générale l'état des personnes arrêtées, il faudrait bien mal connaître l'esprit des misérables qui gouvernaient alors, pour ne pas être convaincu que cet ordre, loin d'être une garantie pour l'innocence, n'avait, au contraire, d'autre objet que de fournir à ce comité le moyen d'assouvir plus promptement ses fureurs en le mettant à même de hâter le supplice de ceux dont on voulait envahir la fortune ; car il ne faut pas perdre de vue que les biens de tous les condamnés étaient confisqués, et que Cambon s'en félicitait à la tribune, en proférant ces mots atroces : *Nous battons monnaie sur les écha-fauds !....*

Il n'est donc pas vrai de dire que *les suspects de* 1793 *eussent des moyens d'empêcher
leur réclusion.* Tous les cœurs des hommes
en place étaient fermés à la pitié ; et les malheureux qu'on avait plongés dans les fers
étaient d'autant moins tentés *de faire entendre
leurs gémissements*, que les plaintes aux-
quelles ils se seraient livrés n'auraient eu
d'autre effet que d'appeler plus particulièrement sur eux l'attention de leurs bourreaux.

Voyez, au contraire, le soin qu'on a pris
dans la loi nouvelle, de concilier toutes les
garanties, toutes les sûretés qu'exigeait l'intérêt des citoyens, avec les mesures que
sollicitait le salut du trône et de la France.

Non-seulement elle a voulu que les magistrats qui décerneront des mandats fussent
tenus d'en rendre compte sur-le-champ au
magistrat supérieur de leur département ;

Elle a voulu encore que celui-ci en référât
au ministre de la police ;

Elle a voulu que ce ministre ne pût rien
statuer sans un rapport préalable au conseil
du Roi ;

Enfin, elle a voulu, pour mieux prévenir
les erreurs qui pourraient se commettre, que

2

le procureur du Roi, c'est-à-dire le protecteur
naturel de la liberté individuelle, fût immédiatement informé de toutes les arrestations,
et qu'il en donnât connaissance au procureur
général, qui est lui-même obligé, à son tour,
d'en instruire le ministre de la justice.

Des précautions aussi sages facilitent toutes
les réclamations, et ne permettent pas de
douter que celles dont on reconnaîtra la justice ne soient favorablement accueillies.

Que dirons-nous maintenant de la crainte
que témoigne M. le comte Lanjuinais, de
voir renouveler les massacres du 2 septembre?
Quoi! c'est sous le règne des lois et de la
justice, qu'il redoute de voir reproduire les
affreux excès qui souillèrent cette horrible
journée? Connaît-il, parmi les fonctionnaires
publics, un seul homme qui soit capable de
préparer, d'annoncer d'avance de pareils
forfaits, comme le fit cet orateur trop fameux,
qui, le 31 août, eut l'audace de proférer à la
barre de l'assemblée législative, les phrases
suivantes : « Nous avons fait arrêter les prêtres
» perturbateurs ; ils sont enfermés dans une
» maison particulière, et, sous peu de jours
» le sol de la liberté sera purgé de leur pré-

» sence. Le peuple a dit aux représentants
» de la commune : Allez en mon nom, agis-
» sez, et j'approuverai tout ce que vous aurez
» fait... Le peuple a sanctionné notre mission;
» il nous a dit : *Vous avez sauvé la Patrie...* »

Connaît-il dans les administrations muni-
cipales, des hommes assez corrompus pour
promettre un salaire aux assassins, comme
le firent alors ceux des officiers municipaux
qui exerçaient plus particulièrement le pouvoir ?

Croit-il que les bons citoyens dont la cause
triomphe enfin aujourd'hui, puissent être as-
similés à cette horde de brigands dont on en-
courageait tous les excès ?

Pense-t-il, en un mot, que les hommes
estimables qui siégent dans les deux chambres
voulussent imiter, s'il était possible qu'on es-
sayât de se livrer à de pareils attentats, la
conduite de cette assemblée législative à laquelle la postérité demandera éternellement
pourquoi elle ne se transporta pas toute entière aux prisons, pour faire cesser ces af-
freuses boucheries ?

Tout démontre que le retour de ces scènes

sanglantes est impossible, tout repousse l'insultante supposition qu'il existe des hommes assez dépravés pour les méditer, et des autorités assez méprisables pour les commander ou pour les laisser commettre.

Je crois avoir répondu d'une manière victorieuse à l'étrange opinion de M. le comte Lanjuinais : mais qu'il me soit permis, avant de terminer cet écrit, de lui demander pourquoi, dans des circonstances bien plus propres à exciter sa sollicitude, il n'a pas déployé cette austérité de principes dont il a fait un si ridicule étalage dans son dernier discours ?

Il pouvait, il devait le faire lorsque Merlin de Douay proposa la loi des suspects ; et les journaux que j'ai sous les yeux sont bien infidèles, ou il n'éleva pas la voix pour la combattre.

Il le pouvait, il le devait encore, lorsque Cambacérès fit rendre, dans la séance du 20 mars 1793, l'affreux décret qui mettait *hors la loi* ceux qui étaient prévenus d'avoir pris part aux émeutes qui avaient éclaté à l'époque du recrutement, et ceux qui auraient pris ou qui prendraient la cocarde blanche ou tout autre signe de rébellion. Et cependant il garda le même silence (1).

---

(1) Je crois devoir transcrire ici les principaux articles de cette loi, parce qu'ils fourniront une nouvelle preuve des mesures atroces que provoquaient ou qu'adoptaient, *au nom du salut public*, les mêmes hommes qui parlent sans cesse d'*idées libérales*, et qui crient à la violation des principes toutes les fois qu'on prend les moyens de déjouer leurs manœuvres.

Art. 1er. Ceux qui sont ou seront prévenus d'avoir pris part aux révoltes et émeutes contre-révolutionnaires qui ont éclaté ou éclateraient à l'époque du recrutement dans les différents départements de la république, et ceux qui auraient pris ou qui prendraient la cocarde blanche ou tout autre signe de rebellion, sont hors la loi; en conséquence ils ne peuvent profiter des dispositions des lois concernant la procédure criminelle et l'institution par jurés.

2. S'ils sont pris ou arrêtés les armes à la main, ils seront, dans les vingt-quatre heures, livrés à l'exécuteur des jugements criminels, et mis à mort après que le fait aura été reconnu et déclaré constant par une commission militaire formée par les officiers de chaque division employée contre les révoltés. Chaque commission sera composée de cinq personnes prises dans les différens grades de la division.

5. Le fait demeurera constant, soit par un procès-verbal revêtu de deux signatures, soit par un procès-verbal revêtu d'une seule signature, confirmé par la

Il le pouvait et le devait aussi lorsqu'on éleva dans le sein de la convention nationale, la question de savoir si Louis XVI était coupable. Les principes sacrés de l'inviolabilité royale, ne lui permettaient pas de s'associer à cette délibération sacrilége; sa conscience (car il en a fait l'aveu depuis) l'avertissait que ce prince était innocent. Pourquoi donc ne se récusa-t-il pas? ou du moins pourquoi trahit-il la vérité en votant d'une manière affirmative (1)?

---

déposition d'un témoin, soit par la déposition orale et uniforme de deux témoins.

4. Ceux qui, ayant porté les armes, ou ayant pris part à la révolte et aux attroupements, auront été arrêtés sans armes et après avoir posé les armes, seront envoyés à la maison de justice du tribunal criminel du département; et après avoir subi l'interrogatoire dont il sera tenu note, ils seront, dans les vingt-quatre heures, livrés à l'exécuteur des jugements criminels, et mis à mort après que les juges du tribunal auront déclaré que les détenus sont convaincus d'avoir porté les armes parmi les révoltés, ou d'avoir pris part à la révolte.

6. La peine de mort prononcée dans les cas déterminés par la présente loi, emportera la confiscation des biens.

(1) Je sais que M. le comte Lanjuinais montra en-

Enfin, il le pouvait et le devait de même, soit lorsque l'usurpateur exerça, à son retour, la plus tyrannique de toutes les dictatures; soit lorsqu'on proposa, dans la chambre des *prétendus représentants*, les mesures les plus révolutionnaires; soit lorsque ce repaire de factieux se constitua en état de révolte contre le Roi, qui était aux portes de sa capitale; mais il fut le témoin de tous ces excès, sans faire le moindre effort pour s'y opposer.

Peut-être, et nous sommes tentés de le croire, peut-être ne se montra t-il alors aussi impassible que parce qu'il se flattait de voir enfin réaliser sa chimère, c'est-à-dire *la ré-publique*; mais il doit être aujourd'hui con-

---

suite en faveur de ce malheureux prince, un noble caractère : mais il n'en avait pas moins méconnu les grands principes qui s'opposaient à ce qu'un Roi pût être jugé par ses sujets; et nous ne lui reprochons cette faute, que pour prouver qu'il a perdu le droit de s'élever avec tant d'amertume contre des mesures que l'audace des factieux a nécessitées, et qui, certes, quelques sévères qu'elles lui paraissent, ne peuvent pas être mises en parallèle avec cette foule innombrable d'actes de violence et de tyrannie auxquels il a concouru ou qu'il a tolérés.

vaincu que cet espoir ne s'accomplira pas.
La France veut son Roi, comme l'a dit avec
tant d'éloquence le ministre de l'intérieur
dans la chambre des députés, et il est temps
enfin que sa volonté soit respectée.

FIN.

www.ingramcontent.com/pod-product-compliance
Lightning Source LLC
Chambersburg PA
CBHW061627180626
46818CB00005B/2263